Alwin Schultz

Beschreibung der Breslauer Bilderhandschrift des Froissart

SALZWASSER
VERLAG

Alwin Schultz

Beschreibung der Breslauer Bilderhandschrift des Froissart

Unveränderter Nachdruck der Originalausgabe von 1869.

1. Auflage 2022 | ISBN: 978-3-37501-462-9

Verlag: Salzwasser Verlag GmbH, Zeilweg 44, 60439 Frankfurt, Deutschland
Vertretungsberechtigt: E. Roepke, Zeilweg 44, 60439 Frankfurt, Deutschland
Druck: Books on Demand GmbH, In de Tarpen 42, 22848 Norderstedt, Deutschland

BESCHREIBUNG

DER

BRESLAUER BILDERHANDSCHRIFT DES FROISSART

VERFASST IM NAMEN

DES

VEREINS FÜR GESCHICHTE DER BILDENDEN KÜNSTE
ZU BRESLAU

ALS FESTGESCHENK FÜR DESSEN MITGLIEDER

VON

DR. ALWIN SCHULTZ,

PRIVATDOCENT DER ARCHAEOLOGIE UND KUNSTGESCHICHTE, SECRETAIR DES VEREINS FUER
GESCHICHTE DER BILDENDEN KUENSTE UND DER ARCHAEOLOGISCHEN SECTION DER SCHLESISCHEN GESELLSCHAFT FUER
VATERLAENDISCHE CULTUR ETC. ETC.

MIT EINER PHOTOGRAPHIE UND SECHS AUTOGRAPHIRTEN TAFELN.

BRESLAU,
IN COMMISSION BEI JOSEF MAX & COMP.
1869.

Der Hof der Herzoge von Burgund ist im Laufe des 15. Jahrhunderts, wie bekannt, die Stätte, an der sich alles was in den transalpinen Ländern an Kunst geleistet wurde, centralisirte, von der die Neuerungen, welche auf die ganze Kunst der Malerei einen nachhaltigen und epochemachenden Einfluss ausübten, ihren Ausgang nahmen, wo endlich alle Zweige der Kunst: Malerei, Plastik und Architektur sowie Goldschmiedekunst, Weberei, die Kunst des Bücherschreibens und Buchbindens durch ausgezeichnete Kräfte vertreten waren. Eine besondere Vorliebe wandten die burgundischen Fürsten ihrer Bibliothek zu, für welche prachtvoll geschriebene und durch Miniaturen ausgestattete Bücher bei den tüchtigsten Copisten und Illuminatoren bestellt und verhältnissmässig hoch bezahlt wurden, so dass grade diese Kunstbranche: die Kalligraphie und die mit dieser eng verbundene Miniaturmalerei, sich in dem Grade entwickelte, dass wir die burgundischen Handschriften des 15. Jahrhunderts unbestritten als die schönsten unter den in dieser Zeit gefertigten Manuscripten bezeichnen dürfen. Schon Philipp der Kühne, der Sohn Joh. des Guten von Frankreich, der durch Verheirathung mit Margarethe, der Tochter Ludwig III., „de Male,“ Grafen von Flandern, 1383 das Stammland des späteren Herzogthums Burgund erwarb, erbte zugleich eine Bibliothek, die er bis zu seinem 1404 erfolgten Tode vermehrte. Unter seinem Sohne Johann ohne Furcht wurde die Bibliothek gleichfalls bereichert; ihre glänzendste Zeit begann jedoch erst als Philipp der Gute (1419—67) die Regierung antrat, der als Kunstfreund und Beschützer aller Künste und Wissenschaften sich vor allen Fürsten seiner Zeit auszeichnete. Er sammelte vorzüglich Bücher in französischer Sprache geschrieben und besoldete an seinem Hofe deshalb eine Menge von Uebersetzern, welche die in andren Sprachen abgefassten Werke in das ihm geläufige Idiom übertragen mussten. Unter diesen ist besonders hervorzuheben Jehan Mielot (vgl. über diesen Reiffenberg, Annuaire de la Bibl. Roy. de Belgique. VII. 121.) und David Aubert aus Hesdin im Artois. Letzterer hat uns über den Zustand der herzoglichen Bibliothek zwei wichtige Notizen überliefert. Er sagt in der Einleitung der von ihm 1443 geschriebenen Chronique de Naples: *A cestui present volume est grosse et ordonne pour le mettre en sa librairie* (de Philippe) *ou autrement et non obstant que ce soit le prince surtout autres, garny de la plus riche et noble librairie du monde, si est il moult enclin et desirant de chascun jour laccroistre comme il fait pour quoi il a journellement et en diverses contrées grands clercs, orateurs, translateurs et escripvains à ses propres gages occupés etc.* (de Laserna Santander, Mémoire historique sur la Bibliothèque de Bourgogne — Bruxelles 1809 — p. 11.) und in der Einleitung seiner 1457 verfassten Histoire abregée des Empereurs: *Très renommé et très vertueux prince Philippe duc de Bourgogne a dès long-temps accoutumé de journellement faire devant lui lire les anciennes histoires; et pour être garni d'une librairie non pareille à toutes autres, il a dès son jeune eaige eu à ses geiges plusieurs translateurs grands clercs, experts orateurs, historiens et escripvains, et en diverses contrées en gros nombre diligemment labourens; tant que aujourd'hui c'est le prince de la chrestienneté, sans réservation aucune, qui est le mieux garni de autentique et riche librairie, comme tout se peut pleinement apparoir: et combien que au regard de sa très excellente magnificence, ce soit petite chose, toutes fois en doit-il être perpétuelle mémoire, à celle fin que tous se mirent en ses hautes vertus.* (Barrois, Bibliothèque Protypographique. — Paris 1830 — p. IV.) Die von diesem kunstliebenden Fürsten gesammelten Bücher, vermehrt von seinen Nachfolgern, sind grösstentheils in der Bibliothèque des Ducs de Bourgogne zu Brüssel ver-

1

einigt, deren Geschichte der oben genannte Laserna Santander und später ausführlicher Marchal im ersten Bande des Catalogue des Mss. de la bibliotheque Royale des ducs de Bourgoigne (Bruxelles 1842) gegeben hat, während Barrois in seinem schon erwähnten Werke die noch erhaltenen alten Cataloge dieser Bibliothek publicirt hat und der Graf de Laborde in den Ducs de Bourgogne (II. Preuves, 3. p. 147) das Verzeichniss der Bücher Karls des Kühnen beibringt. — Die Vorliebe für schöne Bücher ging auch auf Philipps natürlichen mit Jeannette de Presles erzeugten Sohn, den grossen Bastard Anton von Burgund, Grafen de la Roche en Ardennes (geb. 1421 gest. 1504) über, dessen Schicksale Barante in seiner Histoire des ducs de Bourgogne VII. VIII. X. XI. erzählt, und der in seinem Schlosse la Roche eine ansehnliche Bibliothek gehabt haben soll (Scheibel, Merkw. der Rhedigerschen Bibl. zu Bresl. 1794. p. 2. — nach Joh. Dav. Köhler's Diss. de Carolo Bellicoso. Altdf. 1729 p. 39. 90). Anton war Ritter des goldenen Vliesses und des französischen Michaelsordens; sein Wappen ist das burgundische, durch einen rothen Querstrich als Bastardschild bezeichnet; doch führte er als Helmzier eine Eule, sein Vater eine Lilie. (vgl. Marchal a. a. O. I. Abb. von No. 9017). Sein Wahlspruch „Nul ne s'y frotte" und sein Emblem ein Kriegsgeräth, das bisher nach Achille Jubinals Vorgang fälschlich als Barbacane bezeichnet worden ist (über die wahre Bedeutung von Barbacane vgl. Viollet-le-Duc, Dictionnaire de l' Architecture II. 111) das vielmehr als Brustwehr und Schutz für die Artilleristen auf den die Wagenburg bildenden Karren aufgestellt zu werden pflegte (Mittelalterl. Hausbuch, hgg. vom germ. Museum taf. 52ᶜ und 53). Sein Portrait befindet sich in der Dresdener Gallerie und ist von Dr. Julius Hübner im deutschen Kunstblatt für 1852 p. 221 abgebildet und besprochen worden; ein ähnliches Portrait hat Montfaucon in den Monuments francais IV. Taf. XXIII. 2 aus der Sammlung von Gagnières publicirt. Ueber die Schicksale seiner Bibliothek ist nichts bekannt; sie ist, so scheint es, im 16. Jahrhundert verkauft worden, und Bücher, die ihr angehörten und die durch die Wappen, Devisen und Embleme, welche ich eben erwähnte, kenntlich sind, finden sich jetzt in den verschiedensten Bibliotheken zerstreut. Die Bibliothèque des ducs de Bourgogne zu Brüssel besitzt deren drei: *le livre de la destruction de Troye, le livre de toutes les batailles des deux destructions de Troye la grant* und *die Epistres que les dames de Grèce envoyèrent à leurs maris* (Marchal a. a. O. No. 9571, 9570, 9577); in der k. Bibliothek im Haag befindet sich *la bible de la Toison d'or moralisé* (Achille Jubinal, lettre à M. de Salvandy sur quelques Mss. de la Bibl. Roy. de la Haye 1846 p. 7); der k. Bibliothek in Dresden gehört eine Handschrift der Apocalypse (Ebert, Geschichte der Dresdener Bibliothek p. 309; Falkenstein, Dresdener Bibl. p. 418); in Gotha ist das Manuscript des Romans Othea (Merkwürdigkeiten der Herz. Bibl. zu Gotha von Jacobs und Uckert II. p. 161), in Koppenhagen der von Vasco de Lucena ins Französische übersetzte Curtius (No. XXVI. — vgl. Abrahams, Description des Mss. français du moyen âge de la Bibl. Roy. de Copenhague — 1344 p. 65). Ueber eine Handschrift gleichen Herkommens, die Genealogie des Burgundischen Hauses betreffend, die sich ehedem in der Ebner'schen Bibliothek zu Nürnberg befunden haben soll, (vgl. Joh. Dav. Köhler a. a. O.) habe ich in dem Catalogus Bibl. Ebnerianae (Nürnberg 1812) nicht auffinden können. Auch in die Breslauer Stadtbibliothek sind zwei aus der Sammlung des grossen Bastards herrührende Manuscripte gelangt: die Chronik des Froissart, von dem Stifter der Bibliothek, Thomas Rhediger (1541—76) erworben, und die von Simon von Hesdin und Nicolas de Gonesse (1401) gefertigte Uebersetzung des Valerius Maximus, zwei grosse in Sammtbrokat gebundene Quartanten, 1704 von Veit Ferdinand von Mudrach geschenkt. Die Chroniques de France, Dängleterre, Descoce, Despaigne, de bretaigne, de Gascongne, De Flandres, Et lieux circunuoisins des Jehan Froissart (geb. zu Valenciennes 1337, gest. gegen 1411) erfreuten sich besonders am burgundischen Hofe einer grossen Beliebtheit — Barrois zählt in den Catalogen der herzoglichen Bibliothek allein drei fast vollständige mit Miniaturen geschmückte (histoiré) Exemplare des Froissart an, No. 1425—28, 1650, 1698, 1699 (Band 4 fehlt), 1893, 1700, 1651, 1894 — und so ist es denn auch leicht begreiflich, dass auch der Bastard dies Werk für seine Bibliothek bestellte. Von jeher ist diese Handschrift als eine Perle der Rhedigerschen Bibliothek in Breslau angesehen worden; (Joh. David Köhler, Kernchronik II. 440.; Scheibel, Merkw. der Rhedigerschen Bibl. p. 2.; Wachler, Thomas Rhediger p. 30.; De Laborde, Ducs de Bourgogne II. 2. p. LXXXVII.); man hat sie ängstlich gehütet, ja der frühere Bibliothekar, Rector Arletius soll selbst Friedrich dem Grossen sie nur mit Wiederstreben zur Ansicht verabfolgt haben. Trotzdem sind einige Blätter von diebischer Hand, die auch der Bibliothekstradition wohl bekannt ist, entwendet worden. Für die Herstellung des Schrifttextes hat sie, wie der Bearbeiter der neusten Ausgabe des Froissart, Herr Siméon Luce mir sagte, wenig Bedeutung; ihr Werth beruht einzig und allein auf der Schönheit und Menge der Miniaturen, mit der sie ausgestattet ist. Dies bemerkt auch Buchon in der Einleitung zu seiner Ausgabe des Froissart p. XIV. (Collection des Chroniques) wo er auch eine Menge zum Theil mit Miniaturen gezierte Handschriften desselben Autors anführt. Mit der Besprechung der Miniaturen der Breslauer Handschrift wollen wir uns daher in dem Folgenden ausschliesslich beschäftigen.

Das Manuscript besteht aus vier starken Folianten; der erste Band zählt 361, der zweite 428, der dritte 382, der letzte endlich 333 Blätter. Jeder Theil ist in starke mit schwarzem, grösstentheils zerstörten Sammt überzogene Bretter gebunden; Messingbeschläge sichern die vier Ecken eines jeden Brettes; ausserdem sind fünf flache Messingbuckel auf der Vorder- und Rückseite aufgenietet zum Schutze des Sammtes, auf deren mittleren das Wappen umgeben von den Insignien des goldenen Vliesses, auf den kleineren vieren dagegen das erwähnte Emblem des Anton gravirt ist. Die Signatur ist auf der Vorderseite jedes Bandes angebracht und besteht aus einem Pergamentstreifen: Premier volume de froffart (!) etc., der unter ein durchsichtiges Hornblättchen geschoben ist, welches seinerseits wieder durch vier Messingstreifen befestigt ist. Die zwei messingnen Schliessen sind mit Haspen in Gestalt des B-förmigen Feuereisens der goldnen Vliesskette befestigt. Alle Messingtheile sind im Feuer vergoldet und tragen gravirt die Inschrift: *Nul ne sy frote.* Der vergoldete Schnitt jedes Bandes ist ausserdem mit Pressungen verziert. Alle vier Bände sind von einer Hand geschrieben, und zwar ähneln die Rubriken in dem Grade dem Texte, dass man zu dem Glauben bestimmt wird, beide seien einem Schreiber zuzuweisen. Das Material ist vortreffliches, selten nur etwas fehlerhaftes Kalbfellpergament *(veelin),* in zwei Columnen mit je 36 Zeilen beschrieben, violett vorliniirt, so dass jede Columne von zwei Verticallinien begränzt ist. Die Schrift zeigt den bekannten burgundischen Ductus, der durch die Formen des g d s etc. gekennzeichnet ist, und hat den Charakter der Bücherschrift, der im Gegensatz zu den *lettres bastardes,* die mehr der Cursiv sich nähert, *lettres de fourme* genannt werden (vgl. Taf. III. 2). Abkürzungen kommen nur wenige vor. Die Pergamenthefte sind Duernen, Ternen, Quaternen, Quinternen etc. vermischt, was man durch die vertical geschriebenen Custoden leicht constatiren kann; Correcturen und Rasuren sind überaus selten. Die Initialen sind theils aus Blattgold und dann auf farbigen Grund gelegt, theils sind sie in Farben auf Goldgrund gemalt. Die Capitelanfänge sind durch grössere Initialen, die Absätze durch kleinere bezeichnet. Der Raum, der auf einer einem Alinea vorhergehenden Raume von der Schrift nicht bedeckt wurde, ist stets durch eine schmale mit Farben verzierte Goldleiste *(intervalle)* ausgefüllt. Jeden Band eröffnet der Index, welcher die Capitelüberschriften giebt und mit kleineren Goldinitialen und goldigen Füllstücken der eben erwähnten Art verziert ist. Was die Entstehungszeit unserer Handschrift anbelangt, so ist dieselbe in den Jahren 1468 und 1469 gefertigt. Es ist nicht zu begreifen, wie H. J. Wachler (in seinem Thomas Rhediger — Breslau 1832 — p. 30) darauf gekommen ist, als Datum der Handschrift 1464—68, als Ort der Anfertigung Paris anzugeben, eine Notiz der de Laborde (a. a. O. p. LXXXVIII) gefolgt ist, da es am Schlusse des zweiten Bandes unseres Werkes ausdrücklich heisst . . . lequel par lorbonnance et commandement de tres excellent prince et mon tresdoubté seigneur Monseigneur Anthoine bastard de Bourg^{ne} Conte de la roche en Ardenne etc. A reste groffe et de tous poins affouay Jan de grace noftre feigneur Mil ccccljix und am Ende des vierten Theiles: Groffe par david aubert Jan de grace noftre feigneur Mil ccccljviij, weitere Zeitangaben sich in dem ganzen Werke aber überhaupt nicht vorfinden. Aus diesen Subscriptionen ergiebt sich, dass der bereits oben genannte David Aubert die uns vorliegenden Bücher geschrieben hat, denn *grossare, grosser* heisst in's Reine schreiben, *ingrossare* hat noch im 16. Jahrhundert in Deutschland diese Bedeutung. Wenn Marchal daher ohne weitere Anhaltsmomente voraussetzt, dass wir dem David Aubert auch die Miniaturen mit denen seine Handschriften ausgestattet sind, verdanken, so ist diese Ansicht, deren Uugrund ich überhaupt zu erweisen im Stande bin, nicht im geringsten begründet. Ja ich möchte behaupten, dass er trotz der ausdrücklichen Versicherung der Unterschrift selbst an

1*

der Schreiberei wenig Antheil genommen hat, sondern die Abschreiber nur beaufsichtigt hat und schliesslich durch die Signatur die Garantie für die Richtigkeit der Copie übernahm. Mir sind allerdings nur wenig Handschriften von Aubert bekannt, da Herr Siméon Luce sein Versprechen, mir über die Pariser Manuscripte Aubert's Auskunft zu ertheilen nicht erfüllt hat; vergleicht man aber die Menge der von Aubert gelieferten Bücher, so scheint es fast unmöglich, dass er selbst sie alle persönlich abgeschrieben haben sollte. Er schrieb 1438 Jean Mielot's *traité de la Salutation angelique* (March. No. 9270) 1457 *l'Histoire abrégée des Empereurs* (Barrois No. 2212 cf. p. IV.) zwei Bände, 1458 *Histoire et conquêtes de Charlemagne*, drei Bände, der erste und zweite unbestimmt, der dritte mit der Unterschrift, *a esté extroit et couchié en cler français par David Aubert lan de grace mil quatre cens cinquante huit* (Marchal 9368), 1462 *Composition de St. Écriture, grosse a·Brouxelles lan M.cccc.Lxii* (Marchal, No. 9017 dazu eine Abbildung), 1463 *Croniques de Naples, grossé en la ville de Hesdin par David Aubert l'an de l'incarnation* 1463. (Barrois. No. 2220 — Laserna Santander setzt 1443). Ferner arbeitete er 1463 den Roman des *Trois Fils de Roi* für Agnes von Burgund, die Schwester Philipp des Guten: *Le present livre fut grossé comme dessus en prologue est au long contenu en la ville de Hesdin par David Aubert l'an de l'incarnation de nostre Seigneur Jhesu Crist mil quatre cens soixante-trois.* (P. Paris, Mss. Français de la Bibl. du Roi I. p. 107.) In demselben Jahre bis 1465 schrieb er sodann den vierbändigen Roman *du roy Charles Martel et de Ses successeurs·* Im ersten Bande steht: *a cestuy volume et trois autres ensuyvants en cette matiere et en la fourme qu'il appert ont esté grossés par David Aubert l'an de grace Mil cccc soixante trois,* im vierten Theile *ont estez par David Aubert escripts en la fourme et manière que s'ensuit en la ville de Bruxelles lan de lincarnation de Nostre Saulveur Jhesu Crist mil iiij° soixante cinq* (March. 6—9); 1465 vollendet er dann Honoré Bonnet's *arbre des batailles* (March. 9079), 1466 *Boece de la consolacion de la Philosophie,* übersetzt von Jehan de Meung, für Karl des Kühnen Gemahlin Margarethe von York. (Mylius, Memorabilia Bibl. Acad. Jenensis 1746 p. 355), 1468 le livre de Romuléon, *grosse par D. A. lan mil cccclxxviij* (March. 9055, Barrois 2215), den vierten Band unsres Froissart und wahrscheinlich die *Chronique de France* (March. 10434) für die Marchal sowohl im fortlaufenden als im rubricirten Catalog die Jahreszahl 1408 giebt, offenbar ein Druckfehler. 1469 folgt dann der zweite Band unsres Froissart und dann 1475 Laurent Dubois, somme de perfection für Margarethe von York *„a esté escript et ordonné comme il appert en la ville de Gand lan de grace mil ccccloc et quinse David Aubert manu propria* (March. 9106) und noch ein undatirtes Werk *„composition de la St°. Écriture* (March. 10388). Die meisten dieser Bücher sind Luxusexemplare mit Malereien und Verzierungen reich ausgestattet und in grösstem Folioformate geschrieben, sie sind der Mehrzahl nach für Philipp von Burgund gefertigt, zwei für dessen Schwiegertochter Margarethe von York, eins für Philipps Schwester Agnes, welche 1425 Karl I., Herzog von Bourbon heirathete und 1476 zu Moulins starb, eins endlich für den grossen Bastard Antoine. Jedenfalls hat Aubert noch eine Anzahl anderer Werke schreiben lassen, doch war es mir nicht möglich, da mir hier zu wenig Cataloge zur Verfügung standen, mehr festzustellen. Indessen genügt für unseren Zweck zu constatiren, dass in dem Jahre 1468 allein sicher zwei umfangreiche Schriften von ihm beendet wurden, und da dünkt es mir eben unwahrscheinlich, dass Aubert persönlich diese Arbeit zu Stande gebracht hat. Von den 333 Blättern unsres Froissart sind sicher wenigstens 325 Blatt beschrieben, das sind 650 Seiten zu je 72 Zeilen, — allein eine Aufgabe die einen geschickten Schreiber beinahe ein Jahr beschäftigen konnte. Nun war aber wie Marchal versichert, Aubert auch noch ausserdem Bibliothekar, Uebersetzer etc.; er stand seit 1453 in Philipps persönlichem Dienste (de Laborde II. I. p. 521), war ausserdem wie es scheint gar nicht an einem bestimmten Orte heimisch, da er 1462 in Brüssel, 1463 in seiner Geburtsstadt Hesdin im Artois, 1465 wieder in Brüssel, 1475 in Gent schrieb und so glaube ich zu der Annahme berechtigt zu sein, dass er nur die Aufsicht über die Anfertigung der Prachthandschriften zu führen hatte und seiner Unterschrift nur die Bedeutung beizulegen ist, dass er persönlich für die Richtigkeit der Copie einstehe. Dieser Ansicht scheint auch Marchal beizustimmen, wenn er in der Introduction seines Catalogs (p. LXXXII) von Aubert etwas emphatisch sagt: *il fut chargé de la direction des librairies de l'amateur le plus riche, le plus magnifique et le plus éclairé de quinsième siecle. David Aubert dirigea une des branches les plus importantes du service de l'administration* *de son souverain, puisqu'il forma l'organisation de la Bibliotheque de Bourgogne: il a donc droit d'être placé par la posterité au tribunal de l'histoire à côté des ministres de ce grand duc de l'Occident."* Wie dem nun auch sei, soviel ist sicher und zur Evidenz nachgewiesen: Miniaturmaler, wie Marchal will, ist Aubert nie gewesen. — (*D. A. était à la fois calligraphe, peintre, litterateur, traducteur et historien* Introd. LXXXI.). — Am Schlusse eines jeden Bandes hat der dereinstige Besitzer, Antoine Bastard de Bourgogne, eigenhändig seine Devise: *Nul. ne. sy. frote.* eingetragen. Unter diesen Worten steht: *ob de bourg^{ne}*., darüber die Buchstaben *n'e*, von den Schlingen einer Schnur zusammengehalten (vergl. Taf. IV. 3). Was das o b anbelangt, so hat man vorgeschlagen, es zu lesen „au" bastard, indessen würde das, auch gesondert von der Devise in Betracht gezogen, nicht stichhaltig sein, wenn auch der Dativ als den Besitzer anzeigend gerechtfertigt wäre; jedenfalls würde der gebildete Prinz „au" — nicht „o" bastard geschrieben, den Article von dem Substantiv durch einen Punkt getrennt haben, wie er „de" und bourg^{ne} trennt. O b ist ein Wort; wie dies gelautet hat, kann ich aber nicht angeben. Den Sinn der Buchstaben n'e zu ermitteln, habe ich mir gleichfalls keine Mühe verdriessen lassen; sie finden sich auch auf der Rückseite des Dresdener Bildes. Die zusammenhaltenden Schleifen hielt ich zuerst für die „doppelten Zweifelsknoten," die an der Kette des S. Michaelsordens angebracht sind, doch findet sich diese Schnurverzierung schon im Band IV., der von 1468 herrührt, während der Michaelsorden erst am 1. August 1469 gestiftet ist (Kurt v. d. Aue, Ritterthum und Ritterorden. — Merseburg 1825, p. 81). Die Buchstaben beziehen sich und passen auch weder auf die Devise des goldnen Vliesses *(Pretium laborum non vile* und *ante ferit quam flamma micat.)*, noch auf die des Michaelsordens *(Immensi tremor oceani)*. Die in den für Louis de Gruythuyse geschriebenen Manuscripten vorkommenden verschränkten Buchstaben L M sind die Initialen der Vornamen des Besitzers L(ouis) und seiner Frau M(argarethe). Da jedoch die Frau des Antoine Marie hiess und eine Tochter des Pierre de Vieuville war (Imhof, Geneal. Gall. I. tab. XXVI.), so ist auch diese Deutung nicht statthaft. Ganz dieselbe Inscriptio findet sich im Dresdener und Koppenhagener Codex, sowie im Breslauer Valerius Maximus. Noch wichtiger wäre es, könnte man den Inhaber der zweiten von anderer Hand geschriebenen Devise: „*Nul ne laproche A de bourg^{ne}*" feststellen (Taf. IV. 4). Ich habe sie noch einmal bei der Koppenhagener Handschrift erwähnt gefunden *(nul ne laproce de bourg^{ne})*. Jedenfalls ist es die Devise des späteren Besitzers; wer dieser jedoch gewesen, habe ich mit Sicherheit nicht ermitteln können. Es muss ein burgundischer Prinz gewesen sein, und da liegt es wohl am nächsten, an einen Angehörigen des Bastards zu denken, an seinen Enkel Adolphe de Bourgogne, Sire de la Vère, de Bèvres etc., der am 7. December 1540 als Admiral von Flandern starb (Imhof. l. c.). So viel diese Deutung für sich hat, so wird sie doch zweifelhaft, da in dem Dresdener Manuscript die Devise: *Non a tant. A. de Bourg^{ne}* sich findet. Es sind hier eine Menge von Schwierigkeiten vorhanden, die bei der geringen Litteratur, die mir zur Hand ist, ich zu lösen nicht vermag.

M iniaturen zählt der erste Band unserer Handschrift 117; von diesen sind 18 blattgross, während die übrigen 99 nur die Breite einer Spalte und die Höhe von etwa 10 Zeilen in Anspruch nehmen. Die blattgrossen Miniaturen bestehen aus einer Bordüre, welche den sonst frei bleibenden breiten Rand der Handschrift einnimmt, und in einer miniaturen Darstellung, welche über beide Columnen sich hinzieht, aber so schmal ist, dass für den Text noch ein ansehnlicher Raum übrig bleibt. Die Bordüren sind in bunten, aber trüben Farben ausgeführt; zwischen ornamentalem Blattwerk sind Blumen, z. B. Nelken, Stiefmütterchen, Rosen eingestreut, dazwischen ist das Wappen des Bastards angebracht, der Feuerkasten mit vorbrechenden Flammen, umgeben von einem Dornenkranze und mit der Devise: *Nul ne sy frote*, die Feuersteine (*Silices scintillantes*) und Feuereisen (*ferramenta igniaria, quae vulgo Galli fusils vocitant* — Constitutiones ordinis Velleris Aurei. Vindob. 1757 pag. 4), der goldenen Vliess-Kette und eine gelbe Fahne, auf der in blau wieder der Feuerkasten mit Flammen etc. gemalt ist (vergl. Taf. I. 1). Diese Malereien sind von den historischen Darstellungen streng zu sondern; sie sind von einer Reihe sehr ungeschickter Maler gearbeitet und es möchte No. 1 und 10 und etwa auch 13, 44, 62, 87, 97 vielleicht von einer Hand, 33 und vielleicht 93 von einem anderen, 35 von einem dritten, 39, 49, 61, 73, 78 von einem vierten, 39—41 bis 53 endlich wieder von verschiedenen Illuminatoren gefertigt sein, so dass etwa sieben verschiedene Maler, alle

gleich unbedeutend, zusammen an diesem Werke thätig gewesen sein dürften. Der Totaleindruck dieser Randleisten ist ein gleichmässig ungünstiger; die Zeichnung der Thiere, z. B. der Wappen haltenden Löwen, ferner der
Blumen, ist steif und ungeschickt; die Farben der Arabesken, ein trübes Kupferblau und blasses Roth, wirken
unangenehm; die vielfache Anwendung von Musiv-Gold ist nicht im Stande, den Effect des Ganzen zu erhöhen.
Blattgold ist nur angewendet bei den inneren Einfassungslinien und bei den Punkten, die schwarz umrahmt und mit
spinnenfussartigen Linien besetzt dazu dienen, die leeren Stellen der Bordüre gefällig auszufüllen. Wenig besser
als die Malereien der Randleisten sind die historischen Miniaturen ausgeführt. Alle diese Gemälde sind, was die
Figuren anbelangt, ganz grau in grau ausgeführt. Von dem ersten dieser Maler (A.) rührt No. 1 her. Er malt in
einem dunklen schweren grauen Tone, verwendet hie und da noch Blau oder Roth, ist jedoch auch als Zeichner
höchst mittelmässig. Um seine Compositionsmanier zu zeigen, habe ich Tafel II. 1 die Hälfte der genannten
Miniatur nach einer Durchzeichnung autographirt. Diese Tafeln haben nur den Zweck, die Anordnung des Bildes
klar zu machen, die minutiöse Durchführung der Gemälde von Bd. II. III. IV. wiederzugeben, war in Rücksicht
auf die Schwierigkeit autographischer Zeichnung — und eine andere durfte ich der erwachsenden Kosten wegen
nicht wählen — gar nicht möglich. Meine Zeichnungen geben also nicht den Eindruck wieder, den die Originale
machen, — eine Umrisszeichnung wird dies nie vermögen; Farbendrücke beizufügen, erlaubte der Stand unserer Kasse
nicht; — sie sind aber auch nur in der ganzen Anordnung genau, da kleine Einzelnheiten mit autographischer Tusche
zu zeichnen, mir wenigstens nicht gelingen wollte. Im vierten Bande hat der Maler A. No. 2 und 3 geliefert. Ein
zweiter Illuminist (B.) hat No. 2, 4, 5, 7, 9 und im Bd. IV. No. 5 gemalt (vergl. Taf. II. 2). Seine Arbeiten sind
den oben besprochenen sehr ähnlich, doch ist das Grau weniger schwer, seine Composition verhältnissmässig
lebendiger. Der dritte Maler (C.) von dem No. 3, 6, 8, 10—15 des ersten und No. 4 des vierten Theiles herrührt,
zeichnet seine ziemlich steifen und unbeholfenen Figuren mit dunklen Contouren, die nur leicht braungrau
schattirt; er deutet den Himmel durch etwas blau an (vergl. Taf. II. 3). Ein Vierter (D.) hat No. 45 gemalt; der Grund-
ton ist blaugrau; seine Behandlung weicht von der der übrigen an diesem Bande beschäftigten Maler sehr ab: seine
Figuren sind gedrungen, die Gesichter breit, während die vorhergehenden schlank und schmal waren. Die übrigen
hundert Miniaturen sind endlich von einem fünften Meister (E.) ausgeführt (16—44, 46—117), der noch weniger ver-
steht als seine Mitarbeiter. Die Gestalten sind kurz und gedrungen, die Gesichter roh und plump, die graue Farbe
ist rauh und grob, aber heller wie bei den übrigen Malern. Er wendet zu Gewändern öfter ein trübes Blau oder
ein schmutziges Roth an, malt jedoch die Landschaft und die in derselben vorkommenden Baulichkeiten mit natürlichen Farben. So ist denn dieser ganze Band, an dem sieben Bordürenmaler und fünf andere Illuministen beschäftigt waren, durchgehends hässlich und widerwärtig ausgeführt, was um so auffälliger erscheint, als die übrigen
Theile von so trefflichen Meistern gemalt worden sind.

Die übrigen drei Bände sind es nun, deren Malereien unserer Handschrift den hohen Ruf unter allen Kennern der
Miniaturmalerei verschafft haben. Die Umrahmungen der grossen Blätter, deren im zweiten Bande vier (1, 33,
37, 39), im dritten Bande eine (1), im vierten endlich sechs (1, 8, 16, 21—23) vorkommen, sind theilweis aus
stilisirtem Blattwerk gebildet, das ultramarinblau und goldig roth, oder grün und goldig gefärbt ist; zwischen
dieses hingeworfene, sich nicht recht organisch entwickelnde Arabeskenwerk sind nun Blumen eingeflochten,
Wicken, Rosen, Veilchen, Agley, Erd- und Brombeeren, so zierlich und frisch und sauber ausgeführt, dass ein
van Huysum kaum Anstand nehmen würde, die Autorschaft für sie zu übernehmen. Phantastische, farbenprangende
Vögel und Schmetterlinge wiegen sich in den Blumenranken, zwischen denen bald menschliche Gestalten, Musikanten, Krieger etc., bald Affen und mancherlei Gethier eingewebt erscheint, gleichfalls unübertrefflich frisch und wahr
gemalt (vergl. Taf. I. 4, 5). Das Bastardwappen, das bald von vortrefflich heraldisch gezeichneten Löwen gehalten
wird, bald frei, umgeben von der Kette des goldnen Vliesses, zwischen den Blumen erscheint, bald von einem gewapp-
neten Löwen als Schild benutzt wird (Taf. I. 3), oder an der Trompete eines Spielmannes hängt, findet sich fast auf
jedem Blatte wieder, ebenso ist fast überall der Feuerkasten, die von Brombeeren umrankte Devise, die Fahne mit dem
Feuerkasten, die Chiffre N^{1}E angebracht (vgl. Taf. I. 2). Kurz diese Randleisten mit ihren so fröhlich bunten Farben,

den eingestreuten, wie von Spinnenfüssen umgebenen flimmernden Goldpünktchen, dem Schimmern des reichlich aufgetragenen Muschelgoldes machen einen eben so befriedigenden wie festlichen Eindruck und regen durch ihre oft humoristischen Gruppirungen zum Studiren der Handschrift sichtlich an. Die köstlichen Blätter sind aber, wie der Stil der Figuren zeigt, nicht von dem Meister gearbeitet, dem wir die nicht minder bedeutenden historischen Miniaturen verdanken. Die drei jetzt in Rede stehenden Bände sind mit Ausnahme der schon erwähnten Bilder 2—5 im vierten Theile, wie mir es erscheint, von ein und demselben Meister gemalt, und zwar sind davon zwei (II. IV.) grau in grau, der dritte Theil dagegen in vollen bunten Farben ausgeführt; der Stil der Malereien ist jedoch ein so gleichmässiger, dass ich an eine Verschiedenheit der ausführenden Hände nicht gut glauben kann. Die grossen Blätter nehmen innerhalb der Umrahmung immer die volle Breite des Raumes ein, doch beträgt ihre Höhe etwa höchstens ein Drittel der Breite, so dass für die Schrift noch ein geräumiger Platz übrig bleibt; die kleineren Blätter sind meist höher als breit, nehmen auch mehr Platz ein als eine blosse Columnenbreite, variiren aber in Grösse und Ausdehnung beständig. Wie schon bemerkt, ist Bd. 2 und 4 grau in grau gemalt (grisaille, camayeu), das heisst: die Architecturen des Vordergrundes und die Figuren sind in einem lichten grauen Localtone gehalten, dessen Lichter rein weiss sind, dessen Schatten ins Schwarz übergehen, doch sind die Gesichter der Menschengestalten stets in natürlicher Farbe dargestellt, während die Grisailles des ersten Bandes auch diese grau wiedergeben. Es macht einen eigenen Effect, in der frisch colorirten Landschaft zwischen den lebhaft gefärbten Häusern, Bäumen, Bergen, unter dem schönen lasurblauen Himmel die Personen so grau und einfarbig, aber mit so frischen rosigen Gesichtern sich bewegen zu sehen. Allein Brokatkleider, Wappenröcke werden bunt dargestellt, dagegen sind goldene Zierrathen mit Sorgfalt und Feinheit auf dem grauen Tone durchgeführt. Der dritte Band ist ganz farbig gemalt und zwar sind da die Farben so schön gebrochen und zusammengestimmt, dass auch diese Blätter einen durchaus harmonischen Eindruck gewähren. Die Compositionen zeichnen sich durch Lebendigkeit und Wahrheit aus; man sieht sofort, was der Meister darzustellen beabsichtigt hat, ja es ist ihm gelungen, in den kaum 3—5 Mm. grossen Köpfchen den Seelenausdruck oft ganz trefflich wiederzugeben. Diese Köpfe, auch die Hände sind mit einer bewunderungswürdigen Genauigkeit und Sauberkeit gezeichnet, modellirt und gemalt, die Gewänder schön, wenn auch in etwas knittrige Falten gebrochen, die Stellungen und Geberden sind natürlich, wenn auch die Darstellung der unteren Extremitäten nicht immer ganz tadellos sein dürfte. Dass die Gesichter nicht sehr schön sind und die Gestalten etwas dünn und mager erscheinen, ist nicht zu leugnen, jedoch dadurch gerechtfertigt, dass der Künstler treu nachbildete, was er täglich vor sich sah. Der Maler hat in der Regel seinen Horizont etwas hoch angenommen, so dass wir eine Menge Land und Umgebung mit überschauen; doch ist die Landschaft mit Flüssen, Bergen, Wäldern, im Hintergrund auftauchenden Städten so schön gemalt, sind die Architecturen, seien es nur Interieurs oder eröffnet uns der Meister den Blick auf eine Stadt, auf eine Strasse, eine Burg, so wahrheitsgetreu vorgeführt, dass selbst die kleinen perspectivischen Schnitzer leicht übersehen werden. Die Architectur ähnelt der, welche wir in Rogier von der Weiden's, Memling's Bildern zu sehen gewöhnt sind; auch unser Maler lässt, wenn es ihm darauf ankommt, zugleich den Vorgang im Hause und auf der Strasse zu zeigen, das Haus durch einen mächtigen Bogen sich öffnen, liebt auch den Flachbogen und schafft Maasswerk und Statuen in Masse zur Decoration, dabei bemüht er sich aber doch, wo er bekannte Städte schildert, die Naturwahrheit, so viel ihm möglich, zu ihrem Rechte kommen zu lassen. Ob die Ansicht von Bordeaux (II. 1), von Dünkirchen (II. 38) richtig gezeichnet ist, kann ich nicht entscheiden, dagegen ist das Bild von Brügge (II. 33 — vgl. die Photographie) sicher auf Orginalaufnahmen basirt, da das Rathhaus, der Beffroi klar zu erkennen ist, und noch in erhöhtem Masse ist dies mit der Ansicht von Paris der Fall, die Bd. IV. 1 geboten wird und die ich auf Taf. VI. reproducirt habe. Der Einzug scheint durch die Porte S. Dénis zu erfolgen; der nebenstehende Thurm gehört zu S. Nicolas oder S. Jacques de la Boucherie. Dann sieht man Notre-Dame, den petit Pont mit dem kleinen Châtelet und an der anderen Seite die Bastille, vor der der Temple sich erhebt. Das gleiche Gemälde, die Montfaucon und nach ihm Lacroix (s. unten) aus der Pariser Handschrift 8320 und 8321 publiciren, steht hinter unserer Darstellung weit zurück. Von einer Abbildung der Stadt Paris ist da gar nicht die Rede; an ihre Stelle tritt eine gewöhnliche conventionell componirte Städteansicht.

Die Scenen, die uns vorgeführt werden, sind der mannigfachsten Art. Es werden vor Allem Schlachten geschildert, Belagerungen, Scharmützel, Strassenkämpfe, wie dies die Erzählung des Froissart erforderte, Lager mit prächtigen Zelten, Tourniere, Festlichkeiten, Hochzeiten; dann wieder werden wir in das Sterbezimmer der Könige geführt, wohnen deren Krönung bei, sehen sie, von ihren Räthen umgeben, auf dem Throne sitzen, oder zur letzten Ruhe in feierlicher Cortège geführt werden. Hier wird ein Hafen mit Kauffartheischiffen, dort ein Treffen von Kriegsfahrzeugen abgebildet, dann ein armer Sünder am Pranger gestäupt, ein anderer gehängt oder enthauptet, kurz es ist wohl kein Zug des mittelalterlichen Lebens, der uns nicht unmittelbar durch diese meisterhaften Malereien zum Verständniss gebracht würde. Die Klarheit der Darstellung wird noch dadurch erhöht, dass die handelnden Hauptpersonen theils durch Wappen, theils durch überaus zart auf Zelte, oder auf das Geschirr der Pferde mit Gold geschriebene Inschriften näher bezeichnet sind. Natürlich bieten schon die verschiedenen Costüme von Männern jedes Standes und von Frauen, die mannigfaltigen Rüstungen, die Kriegsmaschinen, Geschütze etc. für den, der sich genauer mit der Culturgeschichte des Mittelalters beschäftigt, ein lehrreiches Material dar. Ich habe mich bemüht, einige der interessanteren Bilder auf Taf. III.—VI. wiederzugeben, und durch das angehängte Verzeichniss das Aufsuchen der Miniaturen zu erleichtern. Ich habe die Blätter numerirt, die Folio-Seite des Manuscriptes angegeben, das Capitel unser Handschrift und schliesslich das Capitel der älteren Buchon'schen Ausgabe (Collection des Chroniques nationales etc. — Par. 1824—29. — Tom XI.—XXV.) bemerkt. Die neuere Ausgabe von Buchon war mir nicht zugänglich; die von Siméon Luce ist noch unvollendet. — Wir würden jedoch sehr irren, wollten wir meinen, in unseren Abbildungen seien die Schlachten und Abenteuer, von denen Froissart erzählt, naturwahr illustrirt. Das sind keine Scenen aus dem 14. Jahrhundert: das ist das Leben und Treiben, wie es zur Zeit, als unser Manuscript gemalt wurde, sich darstellte. Es entspricht das der ganzen Sinnesart des Mittelalters, das eine historische Kritik in unserem Sinne ja nicht kannte, das unbefangen Erlebnisse der Vergangenheit in die unmittelbarste Gegenwart versetzte. Und so bieten denn unsere Miniaturen auch nicht einen bildlichen Commentar zum Froissart, sondern etwa zu den Memoiren des Philippe de Commines. Wollen wir uns die Schlachten Karls des Kühnen, die Gefechte von Montl'heri, die Bekämpfung der aufständischen Lütticher, ja die Kriege mit den Schweizern lebendig vorstellen, so werden wir in unseren Miniaturen die rechten Anhaltspunkte haben. Für Jeden, der sich mit der Geschichte des 15. Jahrhunderts beschäftigt, für jeden Archaeologen vor allem wird daher diese Handschrift, abgesehen von dem Kunstwerthe ihrer Miniaturen, eine wichtige Fundgrube bilden. Aber es wird in unserer Zeit keinem Gelehrten mehr einfallen, unmittelbar zur Erklärung des Froissart auf diese Bilder zu recurriren, wie dies der berühmte Dom Bernard de Montfaucon, aus der Congregation von St. Maur, 1730 etc. in seinen Monuments français gethan hat. Er bringt aus dem „ancien Manuscrit de Froissart, qui est a la Bibliothèque du Roy" (No. 8320) Tom II. pl. 42, 45, 46, 53, 54, Tom III. pl. 2 (aus 8321) 21, 22, 23 (vergl. damit Tafel VI.), 24, Abbildungen, welche constatiren, dass unsere Handschrift bedeutend an Kunstwerth die berühmte Pariser überragt. Einige der von Montfaucon bereits publicirten Miniaturen desselben Pariser Codex bringt Lacroix (les arts au môyen age.) p. 118 und 456 im Buntdruck, giebt auch p. 460 eine Probe der Randeinfassungen und benutzt das Manuscript auch wie Viollet-le-Duc (Dict. du Mobilier) vielfach zur Illustration. Ueber die beiden Pariser Bilderhandschriften (8320 und 8321) vergl. Buchon, Introduction p. XLI. — Ich bin noch den Beweis schuldig, dass wirklich die sämmtlichen Miniaturen von einer Hand herrühren. Ich schliesse das daraus, dass die Krönung (II. 15) mit der des vierten Bandes (21) fast genau eine Anordnung hat, dass das Stadtthor und die übrige Architectur (III. 26) der im Bd. IV. 23 völlig gleicht, dass endlich manche Figuren unverändert in allen drei Bänden wiederkehren. Was nun den künstlerischen Character der Gemälde anbelangt, so erinnert derselbe stark an die Leistungen des Dieric (Thierry) Bouts (Stuerbout geb. gegen 1391 zu Haarlem, gest. 1478. — Vergl. Waagen, Deutsche und niederländische Malerschulen I. p. 96), der zu Löwen lebte und dessen auf dem dortigen Stadthause befindliches Bild von 1468: Kaiser Otto, vor dem die Frau des unschuldig Enthaupteten kniet (abgeb. bei Passavant, Kunstreise durch England und Spanien p. 385) in der ganzen Auffassung unseren Miniaturen sehr nahe kommt. Dass er selbst an der Malerei der Miniaturen sich betheiligt habe, will ich nicht behaupten, da ich nicht weiss, ob er überhaupt als

Miniaturmaler thätig gewesen ist, ich würde sogar an einen anderen Illuministen denken, welcher 1468 am burgundischen Hofe beschäftigt war: Loyset Lyeder. Es ist dies allerdings eine blosse Vermuthung, da de Laborde unsere Miniaturen über die Arbeiten des genannten Meisters zu stellen scheint (a. a. O. II. 1, p. LXXXIII.), indessen so lange wir den Künstler unseres Manuscriptes nicht kennen, mag diese Vermuthung dahingestellt bleiben. Es spricht meiner Ansicht nach für sie, dass Loyset Lyeder an dem 1463—65 unter Aubert's Leitung geschriebenen Roman de Charles-Martel mitgearbeitet hatte. An Guillaume Wielant dürfen wir gar nicht denken, da dessen von de Laborde (II. 1, p. LXXXVI.) characterisirten Miniaturen vielmehr den in unserem Valerius Maximus vorkommenden zu entsprechen scheinen. Loyset Lyeder bekam für das Gemälde 18, 14 oder 12 Sous, je nach der Grösse, bezahlt (vergl. de Laborde II. 1. No. 1951, 1954, 1959), Guillaume Wyelant 24—14 Sous (ibid. 1966); wir können also 14 Sous als den mittleren Preis für eine Miniatur annehmen. Es würde dann, da Bd. II. 46, Bd. III. 38, Bd. IV. 23 Bilder enthält, also zusammen 107, und wenn wir die grossen Blätter abrechnen, 96, die Herstellung dieser Miniaturen gekostet haben 17 Livres 4 Sous. Für ein grosses Blatt mit Randverzierungen berechnet Jehan Hennequart 1470 36 Sous; da würden unsere 11 Blätter zu stehen kommen 19 Livres 16 Sous (ibid. II. 3, No. 4035). Nehmen wir an, dass die schlechten 117 Blätter des ersten Theiles etwa 10. Sous pro Stück kosten, so erforderte die Malerei auch hier 58 Livres 10 Sous. Das Dutzend Kalbfellpergamentblätter *(parchemin veslin)* kostet 1455 ungefähr 28 Sous 4 Den. (de Laborde II. 3, No. 6784). Unser Manuscript enthält 1504 Blatt; nehmen wir an, dass acht Blatt entwendet sind, so wären dies 126 Dutzend, kosten also 128 Livres 10 Sous. Jehan Fouquère, *escripvain, demourant à Blois* erhält 1456 *pour avoir taillé, pointé, poncé et réglé de rose six xij^{nes} de parchemin en XXXVI. caiers* pro Cahier, also für das Liniiren, Beschneiden etc. einer Duerne 20 Deniers (ibid. 6781). Das Liniiren und Vorbereiten des für unser Buch nöthigen Pergamentes hat also 63 Livres gekostet. Nehmen wir nun an, dass all dies Pergament beschrieben sei — es ist dies nicht der Fall, indessen kann ich auch den Preis für Lettres de forme nicht in Anschlag bringen — so bildeten die 1512 Blätter unserer Handschrift 378 Quaternionen; den Quaternio (quayer) mit *lettres bastardes* zu beschreiben, kostet 1468 16 Sous (ibid. 1963); es betrug der Schreiberlohn also zum mindesten, da lettre de forme höher bezahlt wurde, 302 Livres 8 Sous. Den Preis der Initialen, von denen grosse und kleine zu unterscheiden sind, so wie auch die aus Blattgold aufgelegten und mit Bemalung verzierten, können wir ungefähr nach (No. 4035 und 1956) den Angaben von de Laborde berechnen, wenn auch die Terminologie nicht recht klar ist. Für hundert der grösseren Buchstaben *champiez d'asur de rose et de flourectes de blanc* bekommt der Maler 4 Sous, für die kleineren und für die Paragraphenzeichen 3 Sous pro Hundert. Nun müsste ich eigentlich die Initialen zählen, doch hoffe ich, dass der Leser mich von dieser Arbeit dispensirt und sich mit einem ungefähren Ueberschlage begnügt. Auf 50 Seiten (II. fol. 300—325) zählte ich 27 grosse und 24 kleine Initialen und 28 §. Nun sind in Bd. I. 343 Folien beschrieben, in Bd. II. 414, in Bd. III. 373, in Bd. IV. endlich 321, zusammen mit Hinzurechnung der fehlenden 8 Blatt 1459 oder rund 1460, das ergiebt an grossen Initialen circa 1570, also 3 Livres 2¼ Sous, an kleineren 1400 (dazu gerechnet die Anfangsbuchstaben des Index 303+399+181+82=965), also 2365, die kosteten 3 Livres 17 Sous, an § endlich 1635 im Preise von 2 Livres 9 Sous. Für den Einband mit 10 Buckeln des zweiten Bandes der histoire des princes de Haynant wird berechnet 4 Livres 10 Sous (ibid. 1967), der Buchbinder unseres Froissart hat also mindestens 18 Livres erhalten, da die Buckel und Schliessen *(fermoirs)* noch gravirt und vergoldet sind und statt Leder Sammet zum Binden verwendet wurde. Rechnen wir die hier aufgestellten Posten zusammen, so erhalten wir als Minimum des Aufwandes, den unsere Handschrift erforderte, 667 Livres Tournois, das sind, da 81 Livres 80 Francs gleichkommen, 658 Fr. 76 Cent. Meine Berechnung trifft, wie ich wohl weiss, nur annähernd zu, da bei den Angaben über den Preis des Pergaments, des Liniirens, des Abschreibens etc. das Format in den Rechnungen nicht bemerkt ist: da wir lettre bastarde statt lettre de forme in Anschlag gebracht, da endlich die Kosten des Einbandes erheblich höhere waren. 700 Francs können wir daher ganz gut annehmen, und wenn wir voraussetzen, dass das Geld damals etwa den vierfach grösseren Werth hatte, dies einer Summe von 2800 Fr., also 736 Thlr. 20 Sgr. gleichstellen. Dies sind aber nur die blossen Arbeitslöhne: für 3 Sous pro Hundert Initialen konnte der Maler nicht noch das Gold liefern, eben so wenig wie der, welcher die Miniaturen zu dem beispiellos billigen Preise herstellte, das Blatt- und Muschelgold und das theure Ultramarin auf eigene Kosten anschaffen konnte. Wir haben auch das Gold und die Arbeit an den Füllstücken *(intervalles)*, für die ich keine speciellen Veranschlagungen auffinden konnte, noch hinzuzurechnen. Nun ist aber das Gold so splendide in dicken glänzenden Blättern aller Orten verwendet, dass ich, allerdings ein Laie in solchen Fragen, es einige hundert Thaler mindestens werth halten möchte. Und so glaube ich denn die Kosten des Manuscriptes auf mindestens 1000 Thaler feststellen zu müssen. — Ehe wir mit dieser Betrachtung abschliessen, möchte ich noch auf eine merkwürdige Erscheinung aufmerksam machen. Dass die Handschrift in einzelnen Pergamentlagen erst geschrieben, rubricirt und gemalt wurde, ist wohl bekannt; ebenso weiss ein Jeder, der sich einigermassen mit Handschriftenkunde oder Geschichte der Miniaturmalerei beschäftigt hat, dass die Schreiber die Stellen für die Initialen und Miniaturen leer liessen, vielleicht den fehlenden Buchstaben oder die zu malende Scene mit kleiner Schrift, die später fortgewischt wurde (im vierten Bande sind einige solche Notizen stehen geblieben) anmerkend; wie soll man es nun erklären, dass man zu solch einem Prachtmanuscript theilweis so stümperhafte Maler verwendete? dass im ersten und am Anfang des vierten Theiles diese erbärmlichen Meister ihre Sudeleien ausführen durften, während doch die übrigen.Blätter von so ausgezeichneten Künstlern gearbeitet wurden, die also dem Besteller doch zugänglich waren? Wie kommt es, dass, während Bd. II. und IV. in grisailles gemalt ist, Bd. III. durchweg bunte Farben zeigt? Ich kann diese Frage allerdings nur aufwerfen, eine Lösung derselben aber nicht geben; es ist jedoch immerhin ein höchst interessantes Factum, dass an ein und demselben Codex mindestens vierzehn Maler beschäftigt waren, wenn wir von den Illuminatoren, die die Initialen malten, ganz absehen. Diese unzweifelhafte Bemerkung beweist nun aber zur Evidenz, was ich oben schon angedeutet habe, dass David Aubert nicht zugleich der Maler unserer Zeitschrift sein kann. — Der Codex.hat, das hoffe ich bewiesen zu haben, sowohl für den Kunstfreund und Kunsthistoriker als für den Archaeologen den allergrössten Werth; Keiner, der sich einmal genauer mit ihm beschäftigt, wird ihn bei Seite legen, ohne vielfache Belehrung empfangen zu haben, wäre es auch nur die Gewissheit, dass Marchal nicht zu viel sagt, wenn er von den Manuscripten, welche für die burgundischen Fürsten gefertigt wurden, rühmt: *la finesse et la beauté du vélin, qui n'ont pas été surpassées par nos papiers modernes; l'élégance et la clarté de l'écriture; la richesse et la variété des lettrines, des cadrats, des miniatures et des iconismes; l'éclat de leur peinture, soit de toutes couleurs, soit en grisailles ou camayeux; l'azur de l'outremer aussi precieux que l'or, employé avec delicatesse, malgré son opacité; l'or opposé avec sévérité pour rehausseur toutes ses beautés, sans les offusquer par son éclat metallique, l'argent placé heureusement pour représenter les vitraux des édifices et l'émail de ce nom dans les armoiries, mais employé avec le plus grandes précautions à cause de la propension de pousser au noir, sont les caractères, qui distinguent les manuscrits executés par le commandement du duc Philippe le Bon.* (Introduction p. LXXXIII.)

Verzeichniss der Miniaturen.

I. Band.

2*

21. Graf Derby empfängt von einem Knappen die Schlüssel von Aiguillon. Im Hintergrunde ein dreibeiniger Galgen, an den ein Ritter gehängt wird (cap. CXV. — Buch. cap. 235). [Fol. 115 a.]
22. Gautier de Mauny findet in La Reole das Grab seines Vaters (cap. CXVII. — Buch. cap. 239). [Fol. 117 a.]
23. Eroberung von Montpesat; vorn ziehen die Franzosen aus; im Hintergrunde übersteigen die Engländer die Mauern (cap. CXIX. — Buch. cap. 243). [Fol. 119 a.]
24. Im Hintergrunde Jacob von Arteveldes Rückkehr von England; vorn rechts seine Hinrichtung in Gent (cap. CXXII. — Buch. cap. 247). [Fol. 121 a.]
25. Wilhelm von Hennegau wird in Friesland erschlagen. Im Hintergrunde eine befestigte Stadt, über die ein Dom hervorragt (cap. CXXIII. — Buch. cap. 250). [Fol. 125 a.]
26. Belagerung von Miremont (cap. CXXV. — Buch. cap. 251). [Fol. 126 a.]
27. Jean de Norwich räumt Angoulême; links das Meer mit Schiffen, rechts die Stadt (cap. CXXVI. — Buch. cap. 255). [Fol. 128 a.]
28. Belagerung von Aiguillon; schwimmende Brücke auf Fässern (cap. CXXVII. — Buch. cap. 257). [Fol. 130 a.]
29. Eduard von England landet in der Normandie. Zwei Schiffe liegen am Ufer; der König schreitet über eine Planke an den Strand (cap. CXXVIII. — Buch. cap. 265). [Fol. 132 a.]
30. Plünderungszug der Engländer (cap. CXXIX. — Buch. cap. 266). [Fol. 134 a.]
31. Philipp von Frankreich bietet seine Vasallen auf (cap. CXXX. — Buch. cap. 269). [Fol. 136 a.]
32. Niederlage der von Amiens (cap. CXXXII. — Buch. cap. 274). [Fol. 140 a.]
33. Grosse Miniatur. Umrahmung im gleichen Stil. Eduard überschreitet die Somme bei Blanche-Tache; grosser Kampf (cap. CXXXIV. — Buch. cap. 279). [Fol. 142 b.]
34. Zwei Zelte; rechts giebt Eduard seinen Rittern ein Mahl; links nimmt er vor der Schlacht von Crecy das Abendmahl (cap. CXXXV. — Buch. cap. 284). [Fol. 144 b.]
35. Grosse Miniatur. Schlacht von Crecy (cap. CXXXVII. — Buch. cap. 287). [Fol. 146 b.]
36. Belagerung von Calais; im Vordergrunde das englische Lager; die Engländer bauen ein hölzernes Fort (cap. CXL. — Buch. cap. 297). [Fol. 150 b.]
37. Gautier de Mauny erhält vom Herzog von der Normandie die Erlaubnis, nach Calais zu reiten (cap. CXLII. — Buch. cap. 299). [Fol. 152 a.]
38. Belagerung von Poitiers (cap. CXLIII. — Buch. cap. 301). [Fol. 153 a.]
39. Schlacht zwischen Engländern und Schotten bei Newcastle am Tyne; im Vordergrunde die Königin von England mit drei Damen zu Pferde. Grosse Miniatur (cap. CXLV. — Buch. cap. 306). [Fol. 156 b.]

40. Ludwig von Flandern verlobt sich vor Calais mit der Tochter Eduard's von England (v. die hölzerne Festung.) — (cap. CXLVII. — Buch. cap. 310). [Fol. 157 b.]
41. Niederlage des Charles de Blois vor Rochedarien. Grosse Miniatur (cap. CL. — Buch. cap. 314). [Fol. 161 b.]
42. Verhandlung über die Uebergabe von Calais. Sechs Bürger werden der Königin von England geschenkt (cap. CLIII. — Buch. cap. 320). [Fol. 164 a.]
43. Aymery de Pavie verkauft Calais an Geffroy de Chargny (cap. CLVII. — Buch. cap. 326). [Fol. 168 a.]
44. Grosse Miniatur. Wiedereroberung von Calais; interesante Architectur (cap. CLVIII. — Buch. cap. 327). [Fol. 169 a.]
45. Links der Tod König Philipp's von Frankreich; in der Mitte die Krönung des Königs Johann (an dem Sockel des Thrones sind Buchstaben angebracht, die ich für bedeutungslos halte); rechts die Enthauptung des Connetables Raoul de-Ghuines (cap. CLX. — Buch. tom. III. Addit. 6). [Fol. 171 b.]
46. Links die Erwählung von Papst Innocenz; rechts die Ermordung des Connetables Charles d'Espagne (cap. CLXI. — Buch. Addit. 13). [Fol. 172 b.]
47. Rechts Gastmahl zu Rouen; König Johann lässt den König von Navarra verhaften; — links Enthauptung des Grafen Harcourt (cap. CLXIII. — Buch. Addit. 20). [Fol. 177 b.]
48. Drei französische Ritter übergeben dem Prinzen von Wales das Schloss Romorentin (cap. CLXX. — Buch. cap. 345). [Fol. 185 a.]
49. Grosse Miniatur. Links Schlacht bei Poitiers, rechts Bestattung der Leichen (ohne Sarg) in der Kirche (ca. CLXIX. — Buch. cap. 356). [Fol. 186 b.]
50. Zwei fliehende französische Ritter fangen ihre Verfolger (cap. CLXX. — Buch cap. 363). [Fol. 190 a.]
51. Gefangennehmung des Königs Johann (cap. CLXXI. — Buch. cap. 364). [Fol. 191 b.]
52. Der Prinz von Wales beschenkt den Jacques d'Audley (cap. CLXXII. — Buch. cap. 366). [Fol. 193 a.]
53. Grosse Miniatur. Schlacht von Constantin; Tod des Grafen Harcourt; im Hintergrunde eine Stadt (cap. CLXXIX. — Buch. cap. 374). [Fol. 199 a.]
54. König Johann wird nach England geführt (cap. CLXXX. — Buch. cap. 375). [Fol. 200 a.]
55. Entlassung des Königs von Schottland aus englischer Gefangenschaft (cap. CLXXXI. — Buch. cap. 376). [Fol. 202 b.]
56. Belagerung von Rennes; im Hintergrunde Zweikampf zweier Ritter (cap. CLXXXII. — Buch. cap. 377). [Fol. 203 a.]
57. Guillaume de Granville erschlägt den Castellan Dagait (cap. CLXXXIII. — Buch. cap. 378). [Fol. 203 b.]
58. Der Prevost des Marchands von Paris lässt im Palast vor dem Herzog von der Normandie drei Ritter hinrichten (cap. CLXXXVI. — Buch. cap. 382). [Fol. 207 a.]
59. Befreiung des Königs von Navarra (cap. CLXXXVII. — Buch. cap. 383). [Fol. 208 a.]
60. Die von Beauvais tödten die Adligen (cap. CLXXXVIII. — Buch. cap. 385). [Fol. 209 a.]

61. **Grosse Miniatur.** Niederlage der Aufständischen von Meaux. Zwei Städte; rechts Gemetzel, links Einzug der Sieger (cap. CXCI. — Buch. cap. 387).   [Fol. 211a.]

62. **Grosse Miniatur.** Belagerung von Paris. (Interessante Architectur; Kanone; Handfeuerrohr) — (cap. CXCII. — Buch. cap. 389).   [Fol. 212a.]

63. Niederlage der Pariser an der Porte St. Honoré (cap. CXCIII. — Buch. cap. 392).   [Fol. 213b.]

64. Hinrichtung des Prevost des Marchands zu Paris (cap. CXCIV. — Buch. cap. 393).   [Fol. 215a.]

65. Der Herzog von der Normandie empfängt den Fehdebrief des Königs von Navarra; rechts der König von Navarra bei seiner Schwester, der Königin-Wittwe von Frankreich, Blanche, in Melun (cap. CXCV. — Buch. cap. 394).   [Fol. 217a.]

66. Belagerung von Mauconseil (cap. CXCVI. — Buch. cap. 395).   [Fol. 218a.]

67. Verfehlter Versuch, Amiens den Navarresen zu übergeben (cap. CXCVII. — Buch. cap. 397).   [Fol. 220a.]

68. Belagerung der Navarresen in St. Valery (cap. CXCVIII. — Buch. cap. 399).   [Fol. 221b.]

69. Der Chanoine de Robertsart unterstützt den Seigneur de Pinon gegen die Navarresen (cap. CXCIX. — Buch. cap. 402).   [Fol. 223b.]

70. Gefecht vor St. Valery. Das englische Fussvolk hat eine Art spanische Reiter gegen die französischen Ritter aufgestellt (cap. CCI. — Buch. cap. 405).   [Fol. 225a.]

71. Pierre d'Audley dringt in Châlons en Champagne ein. Strassenkampf (cap. CCII. — Buch. cap. 409). [Fol. 227a.]

72. Friedensschluss in Melun. Cardinäle und viel Frauen zugegen (cap. CCIV. — Buch. cap. 412).   [Fol. 229b.]

73. **Grosse Miniatur.** Niederlage der Engländer durch Brocard de Fenestranges (cap. CCVI. — Buch. cap. 415). [Fol. 231a.]

74. Tod des Pierre d'Audley; im Hintergrunde die Erstürmung von Athegny (cap. CCIX. · Buch. cap. 421). [Fol. 235a.]

75. Brocard de Fenestranges sendet an den Herzog von der Normandie einen Fehdebrief. Rechts Eroberung von Bar sur Seine (cap. CCX. — Buch. cap. 422).   [Fol. 235b.]

76. Robert Canolle reitet gegen Berry (cap. CCX. — Buch. cap. 422).   [Fol. 236a.]

77. Ankunft deutscher Söldner in Calais (cap. CCXII. — Buch. cap. 425).   [Fol. 236a.]

78. **Grosse Miniatur.** Kriegszug König Eduard's in Frankreich. Interessant wegen des Artillerietrains (cap. CCXIII. — Buch. cap. 428).   [Fol. 239a.]

79. Belagerung von Reims (cap. CCXV. — Buch. cap. 434). [Fol. 243a.]

80. Eroberung von Charny (cap. CCXVI. — Buch. cap. 435). [Fol. 244b.]

81. Gefangennahme des Sire de Gommignies (cap. CCXVII. — Buch. cap. 436).   [Fol. 245a.]

82. Einnahme des Schlosses Courmicy (cap. CCXVIII. — Buch. cap. 438).   [Fol. 246b.]

83. Gefechte gegen mehrere Städte (cap. CCXIX. — Buch. cap. 439).   [Fol. 247a.]

84. Kriegsrath des Herzogs von der Normandie; — links Scharmützel vor Paris (cap. CCXXII. — Buch. cap. 445). [Fol. 249a.]

85. Vier englische Edelleute beschwören den Frieden zu Paris (cap. CCXXV. — Buch. cap. 448).   [Fol. 254a.]

86. Verlesung des Friedensvertrages durch einen Mönch in Gegenwart der Könige (cap. CCXXVIII. — Buch. cap. 453).   [Fol. 258a.]

87. **Grosse Miniatur.** Die Compagnies schlagen Jacques de Bourbon bei Brinay (cap. CCXXXIII. — Buch. cap. 464). [Fol. 263a.]

88. Links: die Compagnies nehmen Pont St. Esprit bei Avignon. Rechts: der Papst erlaubt einen Kreuzzug gegen sie (cap. CCXXXV. — Buch. cap. 466).   [Fol. 264b.]

89. Der König von Cypern besucht den Papst in Avignon; rechts Zweikampf zweier Ritter (cap. CCXXXVIII. — Buch. cap. 474).   [Fol. 268a.]

90. König Johann wird in England festlich empfangen (cap. CCXLIV. — Buch. cap. 480).   [Fol. 271b.]

91. Tod des Königs von Frankreich. — Rechts: Erstürmung von Mante (cap. CCXLV. — Buch. cap. 481). [Fol. 271b.]

92. Gefecht der Franzosen und Navarresen (cap. CCXLVI. — Buch. cap. 483).   [Fol. 274a.]

93. **Grosse Miniatur.** Schlacht bei Cocherel (cap. CCXLVIII. — Buch. cap. 491).   [Fol. 277a.]

94. Rechts Krönung Karl V.; links Kriegszug der Franzosen cap. CCXLIX. — Buch. cap. 493).   [Fol. 278a.]

95. König Karl belehnt seinen Bruder Philipp mit Burgund; im Hintergrunde Erstürmung einer Stadt (cap. CCL. — Buch. cap. 495).   [Fol. 278b.]

96. Vor der Schlacht von Auray. Links empfangen die Franzosen, rechts die Engländer in Zelten das Abendmahl (cap. CCLII. — Buch. cap. 501).   [Fol. 282a.]

97. **Grosse Miniatur.** Schlacht bei Auray (cap. CCLIII. — Buch. cap. 508).   [Fol. 285a.]

98. Papst Urban lässt die Gebeine des Charles de Blois erheben und in einen Reliquienschrein legen (cap. CCLIV. — Buch. cap. 511).   [Fol. 286a.]

99. Friedensschluss mit Navarra; links werden dem Grafen von Montfort die Schlüssel von einer Stadt überreicht (cap. CCLVI. — Buch. cap. 515).   [Fol. 287a.]

100. Papst Urban empfängt den Brief des Königs von Ungarn; links die Krönung Königs Heinrich von Spanien (cap. CCLVII. — Buch. cap. 517).   [Fol. 288b.]

101. Don Pedro von Castilien bittet den Prinzen von Wales um Hilfe; links 2 Schiffe im Hafen (cap. CCLVIII. — Buch. cap. 521).   [Fol. 290b.]

102. Sieg der Compagnien (cap. CCLX. — Buch. cap. 527). [Fol. 293b.]

103. Passage durch Ronceval. (Sehr naiv.) (cap. CCLXIII. — · Buch. cap. 524).   [Fol. 297b.]

II. Band.

27. Gefecht bei einer Kirche (cap. CCXXXVI. — Buch. II. cap. 95). [Fol. 236 a.]

28. Schlacht bei der Abtei Exham (cap. CCXL. — Buch. II. cap. 99). [Fol. 239 a.]

29. Bestrafung der Meuterer in England; im Vordergrunde werden dem Volke die königlichen Briefe abgenommen und zerrissen; im Hintergrunde ein Galgen, an den ein nackter Mann gehängt wird (cap. CCLIX. — Buch. II. cap. 118). [Fol. 256 a.]

30. Gaultier d'Enghien wird von den Gentern überfallen (cap. CCLXIV. — Buch. II. cap. 123). [Fol. 260 b.]

31. Erstürmung des Schlosses Fighiere (La Higuera) — (cap. CCLXXII. — Buch. II. cap. 131). Taf. III. 2. [Fol. 266 a.] (cap. CCLXXXVII. — Buch. II. cap. 146 ist ausgeschnitten.)

32. Die Genter werden vor Brügge geschlagen. Die Stadt scheint nach der Natur aufgenommen. Grosse Miniatur. Trompeter mit dem Burgundischen Wappen an dem Tuche seines Instruments; ein behelmter Löwe schwingt mit der rechten Klaue ein Schwert, mit der linken hält er das Bastardschild und das Banner mit der Devise; N. i. E., Feuerkasten mit Devise in Brombeeren, zwei kämpfende Lanzenträger; Stiefmütterchen, Vögel, Schmetterlinge (cap. CCXCVI. — Buch. II. cap. 155). Photographie. [Fol. 287 a.]

33. Philipp von Artevelde erhält an der Spitze der Genter die Schlüssel von Brügge; aus den Thoren kommen ihm Bürger und Mönche entgegen (cap. CCCI. — Buch. II. cap. 166). [Fol. 292 b.]

34. Kriegsrath der französischen Prinzen (cap. CCCXIX. — Buch. II. cap. 178). [Fol. 311 a.]

35. Niederlage der Flamländer bei Comines (cap. CCCXXIV. — Buch. II. cap. 184). Im Vordergrunde wird ein Brückensteg gezimmert; ein Soldat spannt mit einer Maschine eine Armbrust. [Fol. 316 a.]

36. Grosse Miniatur. Niederlage der Flamländer bei Mont d'Or in der Nähe von Rosebecque (cap. CCCXXXVII. — Buch. II. cap. 197). Im Hintergrunde des Artevelde's Zelt, in dem der König von Frankreich steht; links davon ein Baum, an den ein nackter Mann gehängt wird. In der Umrahmung Bogenschützen, ein Mann mit einem Handfeuerrohr, Wappen etc.; Vögel, Erdbeeren, Ranunkeln, Ehrenpreis. [Fol. 327 b.]

37. Grosse Miniatur. Niederlage der Flamländer bei Dünkirchen. Das Wappen wird von einem wilden Mann und einer wilden Frau gehalten; phantastische Thiere, Bogenschütze, Wieken etc. (cap. CCCLI. — Buch. II. cap. 208). [Fol. 343 a.]

38. Belagerung von Bourgbourg; im Vordergrunde Zelte und Geschütze (cap. CCCLVIII. — Buch. II. cap. 214). [Fol. 355 b.]

39. Vermählung des Sohnes und der Tochter des Herzogs von Burgund mit der Tochter und dem Sohne des Albert von Baiern; Trauung im Freien vor einer reich mit Statuen geschmückten Kirche (cap. CCCLXVII. — Buch. II. cap. 222). [Fol. 379 b.]

40. Verfehlter Sturm auf Ardembourg (cap. CCCLXXVI. — Buch. II. cap. 227). [Fol. 379 b.]

41. Karl VI. heirathet zu Amiens vor der Kirche Isabella von Baiern (cap. CCCLXXVI. — Buch. II. cap. 229). [Fol. 383 b.]

42. Im Vordergrunde ein Lager, Geschütze etc.; im Hintergrunde heirathet der Marquis de Blanquebourg (Brandenburg) und wird zum König von Ungarn gekrönt, cap. CCCLXXVIII. Buch. II. cap. 231). [Fol. 385 b.]

43. Richard von England zieht aus Frankreich heim (cap. CCCLXXXII. — Buch. II. cap. 235). [Fol. 402 a.]

44. Die Genter bitten Philipp von Burgund um Gnade (cap. CCCLXXXV. — Buch. II. cap. 238). [Fol. 405 a.]

45. Jehan Bourchier und Piètre Dubois nehmen vor ihrer Abreise Abschied vom Herzog von Burgund (cap. CCCLXXXIX. — Buch. II. cap. 239). [Fol. 412 b.]

III. Band.

1. Grosse Miniatur. Froissart wird huldreich vom Grafen von Foix empfangen. Im Hintergrunde ist ein zweites Zimmer, in dem der Graf Froissart erzählt; rechts sehen wir in den Hof. Auf dem Perron des Palastes steht ein Diener, auf dem Hofe selbst sitzt der Reitknecht noch zu Pferde, das Ross des Froissart haltend; über die Mauer des Hofes und durch das Schlossthor sieht man in die Stadt. — Die Umrahmung zeigt 3 Soldaten, einer hält das Banner; auf dem Feuerkasten das Bastardwappen; Devise, N. i. E., Vögel, Disteln, Erd- und Brombeeren (cap. I. — Buch. III. cap. 1). [Fol. 1 a.]

2. Der Prinz und die Prinzessin von Wales in Tarbes bei dem Grafen d'Armagnac (cap. V. — Buch. III. cap. 5). [Fol. 6 a.]

3. Messire Espang de Lyon zeigt Froissart das frisch vermauerte Loch in der Mauer von Casseres, durch das Graf d'Armagnac entschlüpft ist (cap. VIII. — Buch. III. cap. 7). [Fol. 11 a.]

4. Espang de Lyon erzählt beim Reiten Froissart von der Eroberung von Lourdes (cap. XI. — Buch. III. cap. 8). [Fol. 18 a.]

5. Desgleichen (cap. XII. — Buch. III. cap. 8). [Fol. 19 b.]

6. Der Graf von Foix tödtet einen Ritter (cap. XIV. — Buch. III. cap. 10). [Fol. 19 b.]

7. Gaston von Foix besucht seine Mutter in Navarra (Hintergrund). — Im Vordergrunde giebt der König von Navarra ihm ein Beutelchen mit Pulver; rechts stehen die Pferde zur Abreise parat (cap. XIX. — Buch. III. cap. 13). [Fol. 32 a.]

8. Pierre de Béarn bringt einen grossen Bären von der Jagd heim (im Hintergrunde sieht man dessen Erlegung); seine Frau wird ohnmächtig (cap. XX. — Buch. III. c. 14). [Fol. 36 a.]

V. Band.

7. Ein Bote überreicht dem König von Frankreich einen Brief (cap. XXIX. — Buch. IV. cap. 29). [Fol. 134 b.]
8. **Grosse Miniatur.** Fackeltanz von 6 als wilde Männer maskirten Herren ausgeführt. Die Pelze haben Feuer gefangen und man bemüht sich zu löschen; im Hintergrunde ein Zimmer, in dem man einen der Tänzer mit Wasser begiesst; links die Estrade, auf der unter einem liliengeschmückten Baldachin die Damen zusehen. Rechts sieht man in den Schlosshof. — In der Umrahmung sind Affen angebracht, die auf Küchengeräthen musiciren; unten sitzt eine alte Sau am Spinnrocken, während zwei Ferkel saugen und 'ein Affe ihr hinten mit einem Blasebalg Luft einbläst (vergl. **Taf. I.**). Ein Affe hält auch das Banner. Ausser dem Wappen und der Chiffre N, i, E. sind Disteln, Brombeeren (vergl. **Taf. I. 2**), Ehrenpreis etc. angebracht (cap. XXXII. — Buch. IV. cap. 32).
9. Unterzeichnung des französisch-englischen Friedensvertrages in einem prachtvollen Zelte (cap. XXXIV. — Buch. IV. cap. 35). [Fol. 163 b.]
10. Froissart überreicht sein Werk dem Könige von England; links sieht man den Perron und den Hof des Schlosses (cap. XL. — Buch. IV. cap. 40). [Fol. 174 a.]
11. Vier irische Könige unterwerfen sich im englischen Lager dem König Richard (cap. XLII. — Buch. IV. cap. 42). [Fol. 183 b.]
12. Englische Gesandten werben beim König von Frankreich um die Hand seiner Tochter. Rechts sieht man im Hintergrunde des Hofes die Gesandten in einem Zimmer vor der Prinzessin (cap. XLIII. — Buch. IV. cap. 43). — Dies Blatt ist ungewöhnlich breit. [Fol. 188 b.]
13. Der König von Ungarn, auf dem Throne sitzend, dictirt einen Brief an den König von Frankreich; rechts sieht man den Boten schon auf's Pferd steigen (cap. XLVII. — Buch. IV. cap. 47). [Fol. 200 a.]
14. Wilhelm von Hennegau zieht gegen Friesland aus (cap. XLVIII. — Buch. IV. cap. 48). — Dies Blatt ist auch etwas grösser. [Fol. 204 a.]
15. Im Vordergrunde links begrüsst der König von Frankreich im Lager den König von England; rechts sieht man beide

in einem Zelte, während die Herzöge von Bourbon und Orleans vor ihnen knien; weiter hinten wird die junge Königin von England, deren Reisewagen schon bereit steht, ihrem Gemahl übergeben; im Hintergrunde endlich in einem Zelt grosse Festtafel (cap. LI. — Buch. IV. cap. 51). [Fol. 225 b.]
16. **Grosse Miniatur.** Schlacht von Nicopolis. Johann von Burgund wird von den Türken gefangen. — In der Umrahmung vier Soldaten, Vögel, der Löwe mit dem Wappen etc. (cap. LII. — Buch. IV. cap. 52). [Fol. 230 a.]
17. Gefangennahme des Herzogs von Glocester. Schöne Landschaft (cap. LVII. — Buch. IV. cap. 57). [Fol. 253 a.]
18. In einem interessant eingerichteten Speisezimmer wird der Herzog von Glocester erdrosselt, rechts tragen sie ihn entkleidet in sein Bett; im Hintergrunde sieht man ihn beichten (cap. LXI. — Buch. VI. cap. 61). [Fol. 267 a.]
19. König Richard bietet seine Truppen auf. Links sendet er einen Herold mit einem Briefe fort; rechts liest ein Mann von einer Estrade herab den Bürgern das königliche Mandat vor (cap. LXX. — Buch. IV. cap. 70). [Fol. 293 a.]
20. Graf Derby verabschiedet sich vom König von Frankreich; links stehen seine Pferde auf dem Hofe schon bereit (cap. LXXII. — Buch. IV. cap. 72). [Fol. 298 a.]
21. **Grosse Miniatur.** Krönung Heinrich IV. von England. Links der kirchliche Act; rechts sieht man vor der Kirche die Begleiter mit dem Baldachin warten. — In den Arabesken 6 Musikanten und Affen mit Instrumenten, Rosen, Stiefmütterchen, Agley, Erdbeeren, Ehrenpreis etc. (cap. LXXVIII. — Buch. IV. cap. 78). [Fol. 309 b.]
22. **Grosse Miniatur.** Strassenkampf in England. Interessante Architectur. — In der Bordüre Veilchen, Vögel, Ungethüme, vier Soldaten, die Chiffre N. i. E. (cap. LXXX. [nicht LXX. wie im Codex steht]. — Buch. IV. cap. 80). [Fol. 315 b.]
23. **Grosse Miniatur.** Begräbniss König Richard's II. Der Leichenwagen wird von vier hintereinander angespannten Pferden gezogen, Reiter in Trauerkappen begleiten den Zug. — Vögel, Soldaten mit Wappen; unten ein Armbrustschütze, der vom Unterleib an in ein fabelhaftes Ungethüm übergeht und ein Mann mit einem Feuerrohr, einem Centauren ähnlich gestaltet (cap. LXXXII. — Buch. IV. cap. 82). [Fol. 319 a.]

Nachträgliche Bemerkungen.

Zu Pag. 4. Ein Portrait des Bastards Anton besitzt, wie mir Herr James Weale mittheilt, auch die Frau Herzogin von Sutherland zu London.

Zu Pag. 5. Die Blätter der Handschrift sind 0,44 M. hoch und 0,38 M. breit.

Zu Pag. 9. Die Abbildung von II. 32 hat Herr H. Buchwald, Mitglied des Vereines, unentgeltlich als Beilage für die vorliegende Abhandlung photographirt.

Druck von Robert Nischkowsky in Breslau.

Comment les gantois estãs benu'
ento· v·' logier pres de bruges furet
enualhis par le conte et assaullis par
les brughelins q̃ se destruiret et leur
seign̄r et en tuat et chassat treboutent
les gantois les enemis iusqs aux
porte de bruges· Le chi ·iic·mlˣ·lix·
&·····pres les messes ouret·
······cõme dit est to' ceulx·
······gantois se miret ensẽble
en vne chapel et la monta phelipe
dartenelle en vng charriot pour luy
moustrer a tous et pour estre mieulx
our Et lors parla moult discretemt
a celluy pueple et remoustra de põt
en pont le droit que ilz pensoient
auoir en celle querelle Et cõment
par trop de fois la ville de gand auoit
requis et prie mercir enuers son
seigneur le conte et pomt ny auoit

peu benir sans trop grãt confusion
et dõmage de toute la ville de gand
Or estoient ilz si auant alez et arrestez
que reculer ilz ne pouoient Et aussi
au retourner tout consideré bien ilz
ne gaignerroiet Car nulle chose derrie
fors toute pourete et tristresse laisse
ilz nauoient Si ne denoit nulz penser
apres grand ne a feme ne a enffans qil
y eust fors de tant faux par le uillage
que lonneur leur en demourast·
Plusieurs parolles raisonnables leur
remoustra phelipe dartenelle Car il
fut moult bien enlangagie et moult
bel sauoit parler et bien luy aduenoit
Et sur la fin de sa remoustrance il le
dist Beaufseigneurs vous ves deuat
vous toutes vos pouruicances en les
vueillies graciensement departir lun
a lautre ainsi que bons freres sans

A. Schultz.

A. Sonntag.

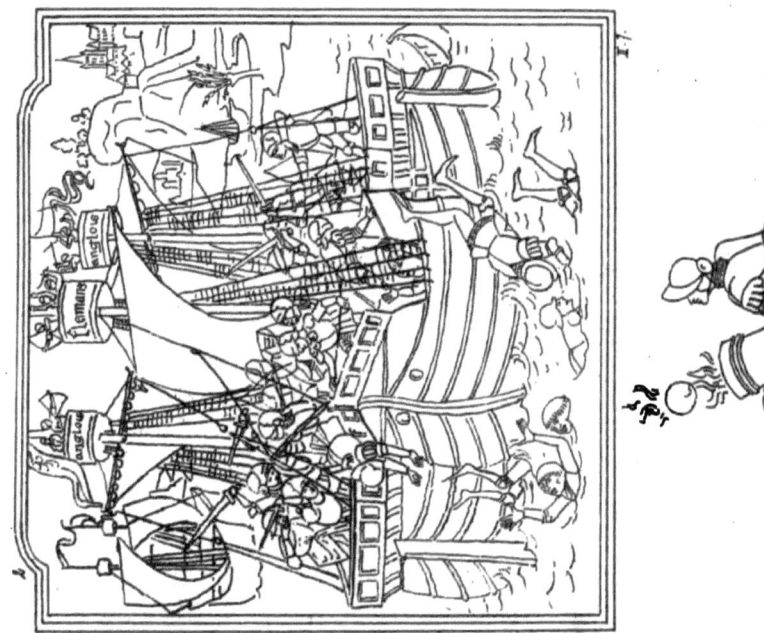

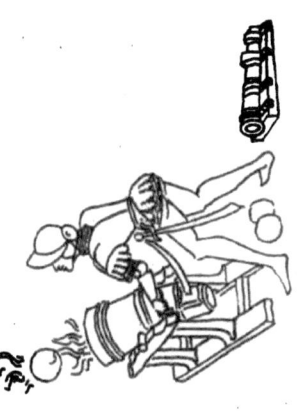

L. 11.

I.

Il comment le chanoine de robert fait

Cingt capitaine anglois bastcha en lice

le roy de la roy de portingal devant le roy

tel de la france il assailli et comba⟨...⟩one

en mer Iour. de Chapitre. CC. LⅹⅩⅩⅡ

Le chanoine de robert fart

Cinq moult vaillant capitaine

anglois quy par lo⟨...⟩Rance

A. Closmadeuc

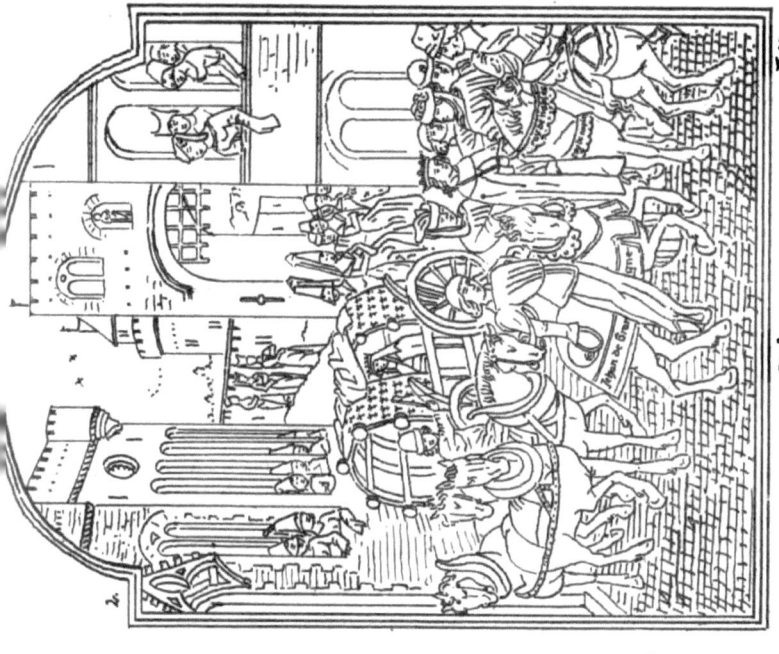

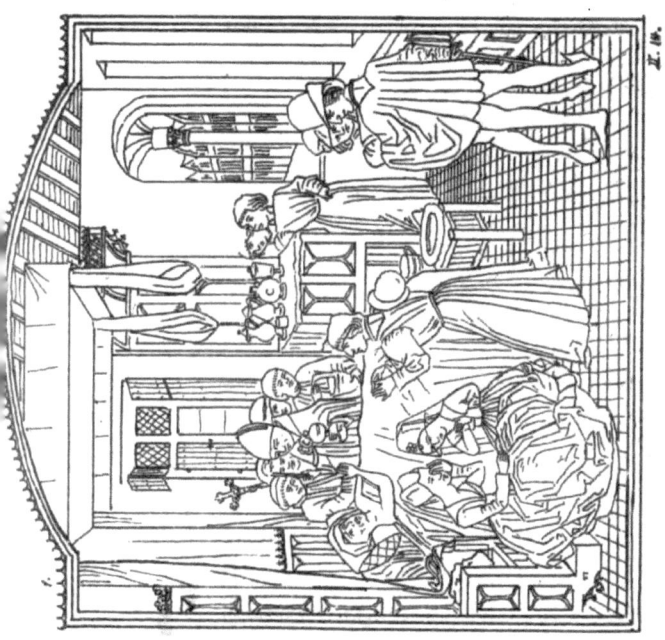

1.

III. 10.

2.

II. 27.

A. Schultz.

Taf. V

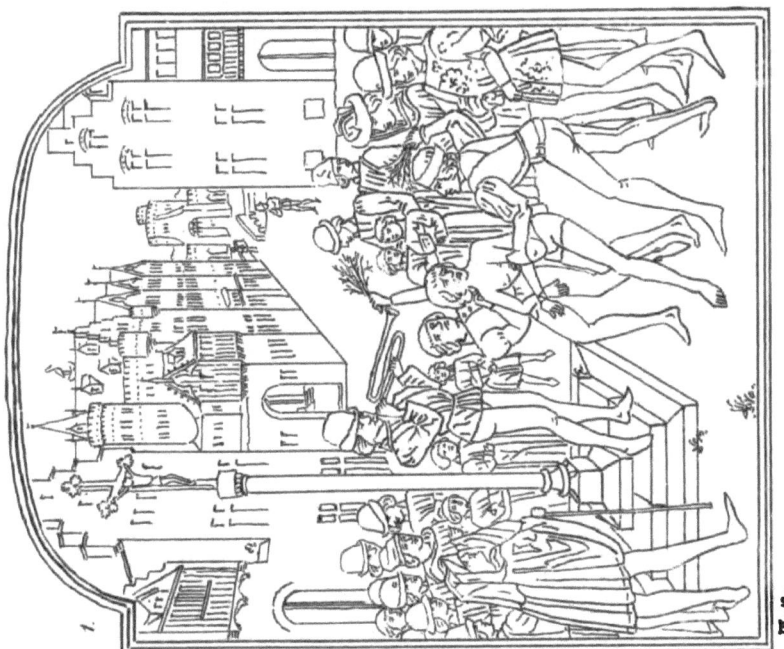

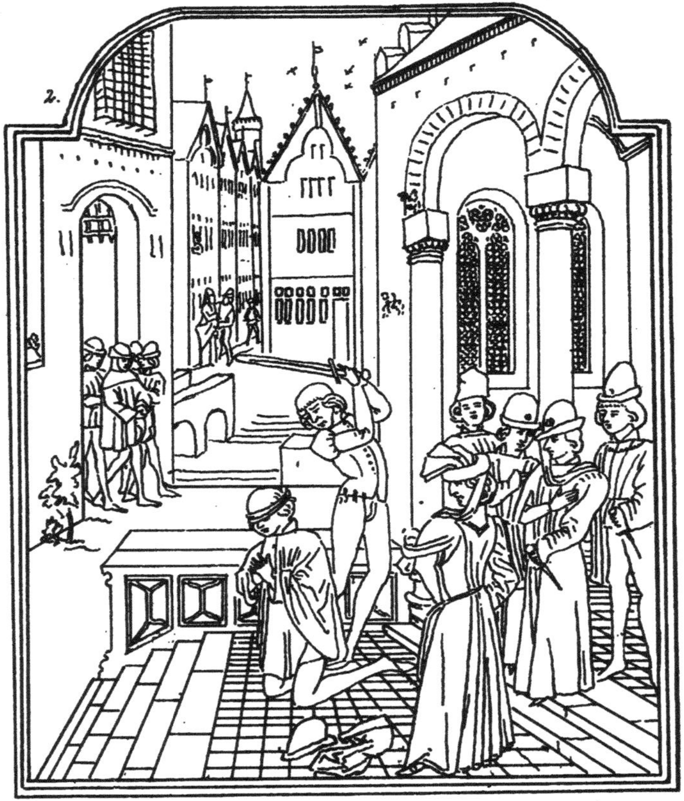

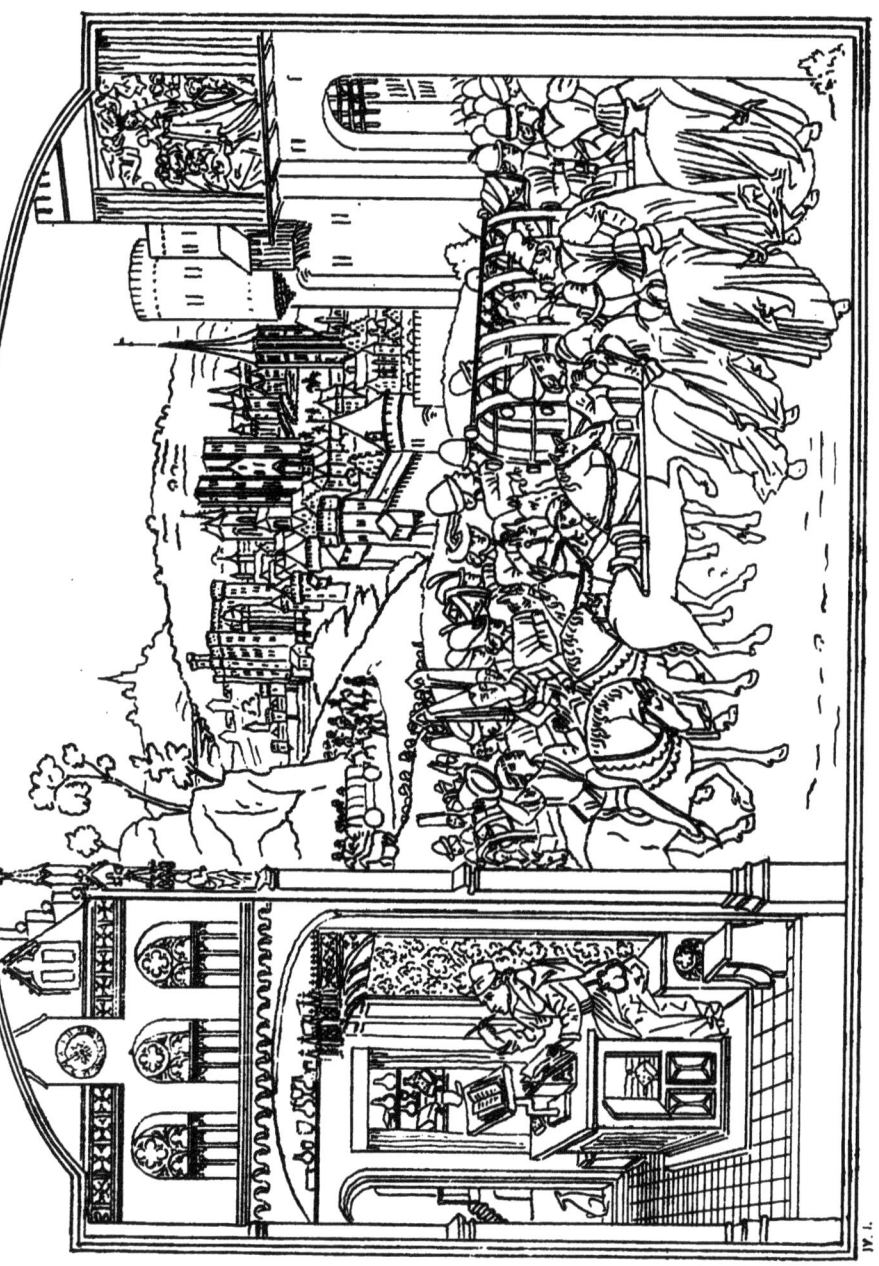